KB005571

바다의 신神 포세이돈 지명수배되다

김재석 시집

문학세계사

| 시인의 말 |

어느 해 여름 나를
세 차례나
삼켰다 뱉어 낸 바다를
어떻게 해야 하나,
생각 중에 낳은 시들이다
이 시들을 낳게 하려고
바다는
나를 삼키지 않고
뱉어 냈나 보다

2015년 12월
김 재 석

| 차례 |

1

2

3

4

밤하늘의 별을 보며 항해를 떠날 수 있었던 시대는 얼마나 복되었던가.

—루카치

1

일출

수평선호텔에서
숙박을 한
태양이
체크아웃을 하고
당당하게
나오는
것을

들어갈 때는
엉거주춤
후문으로 들어간
태양이
정문으로
당당하게
나오는
것을

바다

가만있지 못하고
하루에 두 차례 방향을 바꾸어
떼 몰려다니는 것을
봐!

무슨 일로
저리 서둘러 다니는지
뭔가
뜻하는 바가 있을 텐데

떼 몰려다니며
누군가를 맞이하고
누군가를 보내는 것 같기도
한데

아,
해와 달, 별들이 떨어질까 봐
받아 내려

서둘러 다니는 거지

해와 달, 별들이
바다가 아닌 곳에 떨어져
상처 날까 봐
저리 안절부절못하는 것을

서로 받아 내려고
서둘러 다니는 것을
이제야
눈치채다니

저 바다가
내 생각을 넘어
떼 몰려다니는
또 다른 이유가 있나

가만있지 못하고

하루에 두 차례 방향을 바꾸어
떼 몰려다니는 것을
봐!

바다

바다는
강물의 유전자를 가지고 있지

강물은
냇물의 유전자를 가지고 있지

냇물은
산골물의 유전자를 가지고 있지

산골물은
산의 유전자를 가지고 있지

결국 바다는
산의 유전자를 가지고 있는 것을

바다는 왜
산처럼 가만있지 못하나

일생을 제자리에 붙박인 산은
이제야 제 마음껏 돌아다니고 싶은가

*'종이는 나무의 유전자를 가지고 있다'는 다른 시인의 시구도 있다.

바다

자고 일어나 보니
아니
자고 일어나기 전에도
누가 쟁기질을 다 해 놓은 것을

저 넓은 바다를
쟁기질을
누가 저리 다 해 놓았는지
누구 아는 이 없나

무단경작이란 말 듣고 싶지 않기에
주인에게 허락을 받아
씨를 뿌려야 하는데
주인은 어디에 있나

나중에 소작료를 주더라도
마냥 씨를 뿌리고 싶은데
무슨 씨를

어떻게 뿌려야 하나

해 아니면 달과 별들이
누가 쟁기질을 해 놓았는지
알 수 있을 것 같은데
다들 입을 봉하니

이제 생각해 보니
처음 만났을 때부터
이미 쟁기질해 놓은 저 바다를
누가 쟁기질해 놓았나

바다

모두 다 받아 주는 것 봐!

마음씨
넉넉한 것은
공인받았지

근데
떼 몰려다니는
기질이 있어야

부화뇌동하는
그 병을
어떻게 치료해야 하나

고칠 필요가 없는 것을,
일사불란하게
행동하니

누구도
시퍼보지* 못하지

*무시하다의 전라도 사투리(편집자 주).

바다

바다가
저리 몸 둘 바
모르는 것은
몸에 지닌 것이 많아서이지

바다가
몸에 지닌
금은보화가
가만있지 않아서이지

바다가
저리 발끈하는 것은
몸에 지닌 것을
손대는 자들이 있어서이지

하나이면서도 여럿인
바다의 의견이
분분해서이지

바다

더 이상 갈 데 없는
강물들이 모였기에
처음에는
말이 많을 수밖에 없는 거여

서로 다른
강물들이
여기저기에서
모였기에
다들 어깨에 힘들 주는 거여

바다의 신神
포세이돈도
그냥 그대로 두고 볼 뿐
강물들에게
무슨 말 안 하는 것 봐

부동이화,

지그끼리
대책을 마련할 게 뻔하니
저절로 이루어지니

바다

바다라는 포유동물을
남몰래 읽고 또 읽었다

불혹 이전의
내게

바다는
사이코패스

바다는
조울증환자

지명知命 이후의
내게

바다는
성자聖者

뒤통수가 간지러운 바다가
지금 재채기를 할 거다

바닷가에서

떼 몰려다니다니

파도는 무슨 일로 떼 몰려다니는가

한 해도 아니고 두 해도 아니고

태어난 순간부터 떼 몰려다니는가

분노를 가라앉히려

무성한 분노를 가라앉히려

시도 때도 없이

매달리는 나에게

파도는 단 한 차례도

분노를 삭이지 못하고

씩씩거리는 모습만 보여 주는가

누구에게 보이려고

누구에게 무얼 가르치려고

시위하듯 떼 몰려다니는가

먹이를 찾아
바다를 뒤지고 다니는 것을
눈에 불을 켜고 다니는 것을
내가 오해를 한 건가

떼 몰려다니다니
파도는 무슨 일로 떼 몰려다니는가
한 해도 아니고 두 해도 아니고
태어난 즉시부터 떼 몰려다니는가

* 서정주의 「풀리는 한강가에서」를 패러디하였다.

주름 없는 바다는 없다

바다가 주름이 있는 이유를
근심 걱정 없는 날이 없기
때문이라고,
누군가의 시구이지

어디서 들었더라,
분명 이건
내가 특허 낸 것이 아니고
다른 시인이 한 말인 게 분명하지

바다의 주름을 없애려면
세탁소에 맡겨야 하는데
이 말도 내가 한 말이 아니지,
이 말도 누군가의 시구이지

저 바다를 감당할 세탁소가
어디에 있나,
세상에 모든 세탁소들이

일제히 달려든다 해도 어림없지

지구를 통째로
우주 세탁소에 맡기면 몰라도
바다의 주름은 펼 수가 없지,
드라이까지 겸해야 하는데

주름 없는 바다는 없는 것을
주름을 없애면
바다는 굳어 버리겠지,
아무것도 생존할 수 없게 된다고

근심 걱정이
삶의 원동력이라고
근심 걱정이 없으면
삶은 굴러가지 않는다고

다시는 주름 없는 바다를

꿈꾸지 말아야지
차라리 바다가
마르는 날이 있을지라도

바다의 건망증健忘症
— 요니의 바다, 강진만에서

뭍에서 살고 싶은 바다는
내륙 깊숙이,
내륙 깊숙이
제 몸을 뻗어 나간다

뭍에 다다르고 싶은
바다를
맨 먼저 맞이한 이는
강江

바다는
강의 자태에 넋을 잃고
강과 몸을 섞어
한몸이 된다

오르가슴에 이른 바다는
더 이상
제 몸을 뻗어 나가지 못하고

힘이 파여 물러난다

바다가 뭍에서 살면
무슨 일이 일어날지
감지한 강이
제 몸을 제물 삼은 것인가

건망증이 심한 바다는
뭍에서 살지 못하고
하루에 두 차례
그 짓을 되풀이한다

소금

바닷물을 붙들어
뭔가를 달라고 하면
간절하게 달라고 한다 해서
바닷물이 뭔가를 내놓을까

바닷물이
뭔가를 내놓았다 해서
그저 누군가가 달라고 해서
내놓은 걸까

입 다문 해와 달, 별빛이
다들 몇 몫씩 한 것을
바람도 찾아와
바닷물을 구슬린 것을

바닷물이 저 하얀 소금을
낳기까지는
입에 담기 뭐한 일들이

밤낮으로 벌어졌기 때문인 걸

바닷물을 붙들어
그저 뭔가를 달라고 해서
협박을 한다고 해서
바닷물이 뭔가를 내놓을까

소금의 눈물

어미인 바다에서 떨어진 지
오래된 소금이
부대 안에서
눈물을 흘리고 있다

울부짖는 바다의 울음소리를
뒤로
바다와 헤어지던 날이
떠오른 걸까

바다의 품에서
시도 때도 없이
떼 몰려다니던 동료들의 모습이
가만두지 않는 걸까

지금 소금은
어미인
바다의 품이 그리워
울먹이고 있는 거다

장보고를 위하여

만일에 나를
고대의 1개월이 허락하여
내가 원하는 곳에 갈 수 있다면
나는 청해진으로 가겠다

양쪽 허리에 권총을 차고
개머리판 없는 최신 소총으로
무장한 뒤
청해진 대사 장보고를 만나
그의 신임을 사겠다

낯선 나의 복장에
나의 위, 아래를 쳐다보느라
장보고의 눈이 바쁘겠지만
만일의 경우를 대비하여
삼국유사 한 권쯤은 챙겨 가리다

염장이 장보고를 살해하려 칼을 빼어 들자마자

재빨리 권총을 빼어
염장을 저격하여
청해진 대사 장보고를 구해
역사의 수레바퀴를 돌려놓겠다

한 달이 지나 다시
지금의 세상으로 돌아오면
해와 달, 별빛의 맛이
청해진과 다를 건데
잘 견디어 낼 수 있을까

갑자기 내가 사라지면
청해진은 나를 찾느라
야단법석일 텐데
가장 놀란 이는
내 덕에 목숨을 구한 장보고이겠지

만일에 나를

고대의 1개월이 허락하여
내가 원하는 곳에 갈 수 있다면
나는 청해진으로 가겠다

*윌리엄 버틀러 예이츠가 그의 저서 『비전Vision』에서 '만일에 내게 고대의 1개월이 허용되어 내가 원하는 곳에 가서 살 수 있다면—비잔티움에서 그 1개월을 보내고 싶다.'고 한 것에서 일부 차용, 변용하였다.

소금 부대

소금 부대의
발등이 젖어 있다

발등이 젖은
부대에 갇힌 소금 속에는
바다가
출렁이고 있다

그 출렁이는 바다에는
섬이
웅크리고 있다

그 웅크리고 있는 섬에는
등대가
갈매기 떼의 유일한 벗이 되어 주고 있다

그 갈매기 떼의 유일한 벗이 되어 주는
등대에는

낮과 밤을 달리하는
등대지기가 있다

낮과 밤을 달리하는 등대지기가 있는
소금 부대의
발등이 젖어 있다

파도학 개론

1

동작 그만
동작 그만

뒤로 전달
뒤로 전달

내 말을
듣지 못하는

파도는
청맹과니

2

움직이면 쏜다
움직이면 쏜다

내 말을

거역할 리가

총 앞에서도
여전히 움직이는

파도는
장님

파도와의 전쟁

공공의 적인
조폭과는 다른
파도와 전쟁을 하려 하니
명분이 안 서는 걸

파도가
이따금 배를 삼킨 걸
구실 삼을 수밖에 없는데
파도가 수긍할라나

파도는 자기 집 마당에서
그저 떼 몰려다닐 뿐
잘못한 것이
하나도 없다 할 텐데

괜히 남의 집 마당을
무단침입한 자들이
자신들에게 책임을 돌린다고

적반하장이라고 달려들지 몰라

파도와
전쟁을 벌이기 전에
과연 책임이 어디에 있는지
먼저 규명해야 하거늘

파도와 전쟁을 해도
이길 수 있는 승산이 없으니
차라리 파도를 잘 구슬려
뱃길이 무사하게 해야지

바다의 신神 포세이돈 지명수배되다

바다가 생긴 이래
바다에서 권력을 남용한
포세이돈을 법정에 세워야 한다는
의견이 있는데
비록 소수의 의견이지만
타당하다는 생각이다
포세이돈을 법정에 세우면
제우스도 하데스도
법정에 세워야 공평한데
우선 포세이돈부터 세우자는 것이다
바다에서 군림하며
배를 삼킨 것은 차치하고
아테네의 미움을 사
메두사의 운명을 바꿔 놓은 것은
순전히 포세이돈의 책임이다
과거사 진상위원회가 뜰 것을
미리 알아차린 신들은
과거사 진상위원회의 추궁을

감당할 수 없기에
어딘가로 잠행한 것인가
포세이돈도, 제우스도, 하데스도
그 많던 신들은
다 어디로 은신하였는가
바다의 신 포세이돈이 지명수배되다니
거처를 아는 자나
구금 내지 체포하는 자에게
후한 상금을 내린다는
전단을 봤다,
어젯밤 꿈속에서

2

하늘 바다

1

순시선巡視船 한 척이 돌아다니고 있다

어둠 속에서
별들이 조업 중이다

2

형광 찌들이 깜박거리고 있다

뜯기도 하고,
뜯기기도 하는
금빛 물고기 한 마리가 유영하고 있다

하늘 바다

푸른 눈동자의 지구를
눈독 들이는
별들을
달이 감시하고 있다

조강지처인 달을 위해
별들의
유혹에 넘어가지 않으려
지구가 안간힘 쓰고 있다

하늘 바다

구름에게 곳곳에 경비를 서게 한
태양이
홀로 유영을 해야

수영복인지,
알몸인지
구분이 안 되는 것을

뭔 재미로
홀로
유영을 하는지

아,
푸른 눈동자의 지구를
유혹하고 있는 것을
전혀 눈치채지 못하다니

다도해

1

섬들이
왜 이리 많을까

혼자 있으면
심심하니까 그렇지

섬들끼리 부잡한 짓을 하여
섬들을 낳아서 그렇지

2

섬들이
왜 이리 많을까

바다를
혼자 차지하면 좋을 텐데

혼자 차지하면

할 일이 너무 많아 힘들지

여럿이 나누어 해야
힘들지 않지

바다와 섬

1

하늘에서 떨어지는
별들을
다 받아 내서
바다라 하고

바다 한 가운데
우뚝
서 있어서
섬이라 하고

2

하늘에서
떨어질 별들을
받아 내려고
바다는
자리를 비우지 못하고

배은망덕하단 말
들을까 봐
별들은 하늘로
돌아가지 않고

3

바다가
아랫도리에
바싹 힘을 주어
섬들이 태어났다고 하고

바다가
심심해하니
별들이
하늘에서 놀러 왔다
붙들렸다 하고

바다와 강

바다가
저리 정신없는 이유는

즈믄 강이
보채니까 그러하지

해와 달,
별들의 힘을 빌려

코뚜레를 뚫어
고삐를 매었더라면……

바다가
저리 정신없는 이유는

즈믄 강을
챙기느라 그러하지

섬들이 산山의 벗이 되지 못하는 이유

섬들이
제 자리에 서 있는 것은
뭍으로 나가고 싶은 마음이 없어서
저리 서 있는 것이 아니다

뭍으로 나가
산들과 어깨를 나란히 하고
서 있고 싶기도 하나
그로 인해 일어날 일들이 예상되기에
참고 견디는 것이다

바다의 가슴이 드러나는 것은 물론이고
본의 아니게
자신들의 발길에 치여
뭍은 아우성일 게 불을 보듯 뻔하기에
그냥 제 자리에 서 있는 것이다

그 많은 섬들 중에 하나라도

바다를 떠나면
섬들을 낳은 바다의 근심이
지금보다 더 많아지기에
다들 행동을 자제하는 것이다

섬들이
제 자리에 서 있는 것은
생각이 없어서가 아니라
생각이 깊어서이다

섬들이 산山을 벗 삼지 못하는 이유

마냥 외로움을 타는 섬들이
뭍에 있는 산들을 불러
한담을 나누고도 싶지만
결과가 잘못 될 수 있기에
섬들은 그 생각을 접을 수밖에 없지

뭍에 있는 산들이 바다까지
터벅터벅 걸어오다가
무심한 발에
만에 하나 짓밟힐 생명들 생각하면
그런 생각은 위험한 발상이여

희생을 최소화하여
산들이 바다에 도착했다 하더라도
바다의 수위가 높아져
오히려 섬이 물에 잠겨
익사할 수도 있지

멀리 있는 산들을 벗 삼아
한담을 나누는 것은 좋으나
생각만으로 그칠 수밖에 없는 것은
조금만 생각해 봐도
끔찍한 결과가 예측되기 때문이라고

마냥 외로움을 타는 섬들이
뭍에 있는 산들을 불러
한담을 나누고도 싶지만
결과가 잘못될 수 있기에
섬들은 그 생각을 철회할 수밖에 없지

섬

하늘의 섬인
별은
너무 멀어 갈 수 없기에
섬을
두시었나

바다의 별인
섬을
두시었나

섬

섬은
뿔이다

바다가
마음 놓고 활보하고 다니는 건
믿는 구석이 있기 때문이다

바다가
거침없고
아무도 두려워 않는 것은
뿔인 섬이
곳곳에 버티고 있기 때문이다

나아가고 물러나는 건
바다의
자유 의지

섬은

뿔이다,
바다가 감춰 놓은

섬

섬만
섬이 아니라
가고 싶은 곳은
다 섬이다

그대가 가고 싶은 곳이
해와 달, 별들이면
해와 달, 별들은
다 섬이다

그대가 가고 싶은 곳이
해와 달, 별들이 아니어도
누군가가 가고 싶으면
해와 달, 별들은
다 섬이다

하늘에 얼굴 내민
섬

가슴을 앓아눕기도 하고,
가슴을 앓아눕지 않기도 하는
섬

걸어다니는
섬

섬만
섬이 아니라
가고 싶은 곳은
다 섬이다

섬

바다가
다른 것은 다 감추어도
유일하게
감추지 않은 게 섬이다

바다가
들통날 때
들통나더라도
다른 것은 다 감추는데
보란 듯이
내놓은 게 섬이다

바다가
다른 것은 다 숨겨도
일부러
섬을 숨기지 않는 것이 아니라
섬을 숨기지 못하지

미숙아인 암초를 제외하고
섬은
태어날 때부터
우량아이어서이다

아니다,
하늘바다가
하늘의 섬인 별들을
내보이고 싶어 하듯이
바다는
바다의 별인 섬들을
내보이고 싶은 게다

섬

다 받아 주는
바다에
서 있으니
섬이지

물에 잠기지 않으려고
그 자리에
그대로
서 있지

움직였다간
깊은 데에
빠질 수 있으니
옴짝달싹 않지

겁이 많아서가
아니라
지혜가

가득해서지

물살에
떠밀리지 않으려
중심 잡느라
애 먹지

바다에
서 있는
섬의 사연을
누가 알리

섬은 조개이다

보티첼리의 〈비너스의 탄생〉으로
증거를 대지 않아도
사람은 조개에서 태어나지

섬은
조개인 것을

큰 조개, 작은 조개들이
씨알이 잘 여문 사람
씨알이 잘 여물지 않은 사람
가리지 않고 낳지

섬이 조개이면
조개가 낳은 사람도
섬인 것을,
조개인 것을

걸어 다니는

섬과
조개가
또 섬과 조개를 낳는 것을

걸어 다니는 조개이자 섬인
여인은
가슴에 일란성 쌍둥이 섬이
있는 것을

보티첼리의 〈비너스의 탄생〉으로
입증하지 않아도
이제 분명하지,
사람이 조개에서 태어나는 것이

암초의 말

암초이고 싶어서
암초인 게
절대 아니다

꽃발*로
물 밖으로
얼굴을 내밀고 싶어도
맘먹은 대로 되지 않는다

꽃발로
물 밖으로
얼굴을 내밀려고
한두 차례
시도해 본 게 아니다

물 밖으로
걸어 나갈 생각을
안 해 본 것도 아니나

실행했다간
세상이 뒤죽박죽이 되니
생각으로 그쳐야 했다

*까치발의 전라남도 방언(편집자 주).

3

배의 발달사

최초에
개미를 태운
나뭇잎 배가 있었다는 걸
모르는 사람이 없지

하늘의 구름이 시간을 싣고
떠다닐 때,
강가에 나와 하늘 한 번 보고
가만히 있질 못하는
강물 한 번 보던
가슴에 털이 가득 난 사람들이
나뭇잎 배와 눈이 맞았어

한편 궁금증이 많은
하늘의 구름이 나뭇잎 배를 보고
도대체 저게 뭔가
가까이, 가까이 가 만지고 싶어
안달이 났지

그리움에 제 몸이 무거워진 구름이
한꺼번에 내려와
나뭇잎 배를 만지자
나뭇잎 배는 전복되어 침몰하고
개미들이 수장되는 것을
사람들이
다 지켜보았어

그날 구름의 지나친 궁금증에
뿌리째 뽑힌,
새들이 앉은 나무가
강물에 몸을 맡긴 것을 보게 된 사람들이
이마를 탁탁 치더니
제 몸을 실을 뗏목을 만들게 된 거야

뗏목으로
작은 강은 다스릴 수 있어도

큰 강이나 바다는 다스릴 수 없다는 것을
사람들의 후손들은
곧장 알게 되었지

뒤이어
이물과 고물이 있는 통나무배로
강물을 다스리던 사람들이
판대기로 철로 배를 만들어
바다까지 욕심을 낸 거지

'생육하고 번식하라'는
사람들만의 일이 아니어
뗏목이
나룻배가
돛단배가
여객선이
원양어선이
무역선이

대를 이어
태어난 거야

결국은
하늘의 구름이 시간을 싣고
돌아다닐 때,
개미를 태운 나뭇잎 배가
크루즈 선박이 되고
함대가 되고
우주선이 된 거지

바다의 허락 없이
— 북항에서

누군가의 눈빛이
배부른
바다의 머리카락을 쓸어내리다니

니야오니야오,
니야오니야오

갈매기가 경고음을 보내도
눈치채지 못하고

누군가의 눈빛이
배부른
바다의 엉덩이를 만지다니

파란 모자 풍차 등대가
군침을 흘리도록

누군가의 눈빛이

배부른
바다의 배꼽 밑을 더듬다니

앞바다 섬들의 낯빛이
뜨거워지도록

등대와 달

운
명
이
다

한 자리에
함께할 수 없는 것이

등대는
자리를 뜰 수 없으니

달도
항로를 바꿀 수 없으니

그저
제 할 일을 다할 수밖에

운

명
이
다

하조도 등대에서 만난 개밥바라기

내 주먹보다
훨씬 큰 개밥바라기가
눈치보는
까닭은

뭔가
긴히 할 말이 있는 게 분명하지
하조대 등대까지
날 불러낸 것을 보면

나와 같이 있는 사람들
내 곁에서 물러나고
나 혼자만
남기를 간절히 바라는데

그걸
눈치채지 못한 이들이
내 곁에서

물러날 생각을 않는 건가

아니
이미 눈치채고서
미친 척
해코지를 하는 건가

내 주먹보다
훨씬 큰 개밥바라기가
안절부절못하는
까닭은

마라도 조나단 리빙스턴 시걸

바다는 내가 태어난 날부터
생을 마칠 때까지 읽어야 할 대하소설이지
참, 나는 조나단 리빙스턴 시걸이라고 해
이어도 사나, 이어도 사나
이따금 뱃노래를 부르는
마라도에 둥지를 튼 지 오래됐지
생각이 깊은 나의 아버지가
내게 이런 멋진 이름을 지어 줬지
그저 식탐에 빠진 갈매기들과
생각이 많이 다른 현자인
조나단 리빙스턴 시걸이라는 갈매기가 있었대
포말을 일으키며 달리는 여객선이 던져 주는
새우깡 같은 건 안중에 두지 않고
천둥과 번개가 윽박질러도
구름 저 너머 뭇별들과 이야기를 나누곤 했대
그 갈매기를 닮으라고
아예 내 이름을 조나단 리빙스턴 시걸이라 지었으니
아무렇게나 살 수 없는 것이 내 운명이지

교회와 성당, 그리고 절에게 좋은 자리
다 내어 준 마음씨 넉넉한 마라도 할망당*처럼
내 동료들이 식탐에서 벗어나
서로 등대가 되는 삶을 살길 난 바라지
바다는 내가 생을 마칠 때까지
읽어야 할 대하소설이고
내 생은 또 내가 써야 할 대하소설인데
잘못하다간 잡문에 그칠 수 있지
조나단 리빙스턴 시걸, 내 이름값을 하는
생을 산다는 것이 어디 쉬운 일이여
제대로 쓸 수 있을까,
내 생이란 대하소설을

*마라도 북서쪽 바위 위에 돌담으로 둘러싼 2평 남짓의 작은 사당인 이곳은 본향신을 모시고 있다.

갈매기

갈매기는
바다의 사관이여

배 꽁무니 따라다니며
새우깡이나 얻어먹는 것 같아도
그게 전부가 아니지

어부들이 낚은
물고기 축내고 다니는 것 같아도
그게 아니라고

니야오니야오,
니야오니야오

바다에서 일어나는 일들
기억의 장치에
다 저장하는 것을
누구도 눈치채지 못하지

갈매기의 몸짓과
바다의 몸짓이 똑같아야
누가
누구를 흉내 내는지

갈매기는
바다의 사관이여,
사마천을
꿈꾸는

그리움이라는 이름의 등대

그리움이라는 이름의 등대가 있는
마라도에 갔었지
내 마음에 안주하고 있는
슬픔을 따돌릴 생각으로
그 먼 곳까지 찾아간 거야
목포에서 제주까지 긴 항해에도
술렁이지 않던 슬픔이
모슬포항에선 잠시 술렁이기도 했지
슬픔이 나를 버리고
제 갈 길을 가기를 바라는
내 의도를 눈치챈 듯
술렁이던 슬픔은 제자리에 푹석 주저앉데
머리가 잘 돌아가는 슬픔은 단 한 번도
내게 속아 넘어가지를 않았어
오히려 나를 조롱하듯
절망이니 쓸쓸함이니 하는
벗들을 불러와 여러 날 함께하기도 했지
내 안에 자리 잡은 유통기한도 없고,

반납도 되지 않는
잔액 같은 건 돌려받고 싶지도 않은 슬픔을
마라도의 억새밭이나, 성당, 등대에
내려놓고 달아나려 했지
정작 슬픔을 따돌리지 못하고
돌아온 내 마음에
연체이자 불어나듯
그리움이라는 이름의 등대가
나의 밤을 회한에 젖게 하지 않는가

그물과 낚시

그물과 낚시
너희 둘이 만났을 때
상대에게
어떤 감정을 가졌을까

첫눈에 너 그물이
물음표인
덩치 작은 낚시를
우습게 보진 않았는지

생각이 많은 너 낚시는
코가 수없이 많은
그물을 보고
이상한 놈이라 생각진 않았는지

너 낚시는 낚싯대로
너 그물은 그물대로
서로 낚으려고 했다고야,

타고난 유전자는 바뀔 수 없기에

낚는다는 말이
군침을 삼키었다는 말인지,
그 말이
그 말이다고야

그러니까
그물과 낚시
너희 둘이 만났을 때
이성을 느낀 거지

걸어 다니는 배

만선滿船이다

한 척도 아니고
여러 척이다

그물질로
바다를 제패하고 돌아오는
배 말고

조금 때
돌아온 사내들이 오른
걸어 다니는 배가
만선이다

일망무제의 바다에서
그물질하고 돌아오는
근육질의 배
못지않은

머지않아 조금새끼 풀 배가
한 척도 아니고
여러 척이

여기저기
걸어 다닌다

만선滿船이다

폐선

나도 한때는
난바다도 두려워하지 않는
막 나가는
근육질이었지

고물에
갈매기들 거느리고
바다를 거닐 때는
눈에 보이는 게 하나도 없었지

작은 물결은 작은 물결대로
큰 물결은 큰 물결대로
내 숨결에
호흡을 맞춰 주었지

닻줄이 매인 내 몸이
오금이 쑤시지만
추억을 먹고 살 수밖에,

이제는

바다가 하루에 두 차례
나를 위로하고 떠나면
그게 바로 위안이고,
안식이지

나도 한때는
먼바다도 두려워하지 않는
잘나가는
근육질이었지

바지선

물 위에 떠 있는
사각형의 네모 안에 세워진
저 궁전에 둥지 튼 이는
지금 무슨 궁리를 하고 있을까

햇빛이 남긴 상처를
달빛이 혀로 핥아 주는,
별빛이 혀로 핥아 주는
저 꿈의 궁전에 둥지 튼 이는

겨울 바다의 바통을 받은
봄바다의 길목을 지키고 있는
저 네모가 기다리는 것이
히라시*라니

낮과 밤이 뒤바뀐
삶의 낱장을 몇 해를 넘겨야
낮과 밤은 제자리로 돌아오며

희로애락은 출렁이지 않을는지

언제나 제자리를 고수하는
사각형의 네모 안에 세워진
저 궁전에 둥지 튼 이는
지금 무슨 일에 골몰하고 있을까

* 히라시: 장어 새끼를 가리킨다.

조도 밤바다

대낮에 사람들이 잠시 한눈파는 동안에
나를 삼키려다 실패한 바다가
언제 그랬느냐는 듯이
관매도와 눈빛을 주고받는
신전리 방파제로 나를 불러내야

세상의 패러다임을 바꿀 힘은 없어도
세상에 진 빚 다 갚고 떠나려는
나를 삼키려 들다니,
나로서는
상처를 입을 수밖에

발목을 붙들릴 수도 있기에
바다 가까이 가기를 주저하는
나의 입을 벌어지게 하는
달빛과,
별빛

상처를 넘어
모욕에 가깝다는
굴욕에 가깝다는 생각을 한 지
불과 몇 시간 전인데
또 바다의 유혹에 넘어갈 뻔하다니

좀처럼 분을 삭이지 못하는 나를
불러내는 바다를
뻔뻔스럽다 해야 하나,
비위치레를 잘한다 해야 하나
바다는 여전히 입맛을 다시고

갈대와 바다

하루에 두 차례 어김없이
떼 몰려다니는 바다와
만남과 헤어짐을 되풀이하는
갈대들의 몸이 흔들리는 것은
누군가가 드나들기에

해와 달, 별빛만이
아니어

갈대들의 몸이
저리 흔들리는 것은
떼 몰려 돌아가지 못한 바다가
머무르고 있기에

바다만이
아니어

바다가 갈대들을 품에 안아 주는지,

갈대들이 바다를 품에 안아 주는지
헷갈리는 이 바닷가에서
떼 몰려다니는 바다를 따라간
갈대들이 돌아오기에

위도 가는 길
― 율도국*을 찾아서

이제 머지않아
이순의 강을 건너야 할 내가
율도국을 찾아 나선 것은
둔갑술과 축지법을 떼기 위해서다

하늘을 나는 거야
물 위를 걷는 거야
꿈길에 실습을 많이 하여
도가 텄다

두 팔을 힘껏 날개 쳐
땅을 박차고
두 발을 신속하게 바꿔
물에 빠지지 않는 나의 기술에
꿈길에 만난 이들이 탄복했다

처음 신동우 화백의 만화로 만났다가
나중 만화영화로 만난

활빈당의 길동이
나에게 나는 법을 가르쳤다

소싯적 가출하여
활빈당 입당하려는데
미성년자라고
길동이 말리는 바람에 가입 못한 것이
두고두고 한이 된다

위도 어딘가
둔갑술과 축지법의 비서가
꼭꼭 숨어 있을 터이니
그걸 찾아내
이 땅의 탐관오리들을 물리쳐야겠다

*조선시대 홍길동이 세웠다고 알려진 가상의 나라.

바다 부동산

귀찮아서가 아니라
재산세가
무서워서 등기를 안 한 먼 바다가
애물단지일 줄이야

말뚝을 박을 수도 없고
울타리를 칠 수도 없는
먼 바다를
조상 대대로 물려받은 건데
소유권을 주장하기가 싫으니

먼 바다가 내 소유인 건
해와 달, 별들이 다 알고 있는데
증인을 서달라 하면
마다하지 않고
서슴없이 달려올 텐데

등기가 났다 하더라도

누구에게 매도할 수도 없는
먼 바다를
괜히 소유하고 있다가
재산세만 왕창 물어야 하는 것을

내 것이 아닌 척해야지
괜히 내 것이라 주장했다가
내 소유의 암초에
배들이 좌초라도 하면
관리 소홀로 배상해 주어야 하니

자신 있으면
다들 마음껏 가져가라고
말뚝도 울타리도 없는
먼 바다에게
마음마저 열라고 시킨 것을

귀찮아서가 아니라

재산세가
무서워서 등기를 안 한 먼 바다가
애물단지일 줄이야

조금새끼

낮에는
햇빛이 무얼 찾아
서산동과 온금동 골목길을
뒤지고 다니는지

밤에는
달빛이 무얼 찾아
서산동과 온금동 골목길을
뒤지고 다니는지

하루도 아니고
이틀도 아니고
날이면 날마다
무얼 수소문하고 다니는지

조금새끼인 것을,
조금새끼를 찾아
골목길을 헤매고 다닌 것을

뒤늦게 알았네

저것 봐, 조금새끼 찾아내라고
서산동과 온금동 언덕의
들꽃들
햇빛이 닦달하는 것을

대체
그 많던 조금새끼들은
다 어디 갔나,
다 어디 가서 무얼 하나

4

물이랑

태초에
누가
바다를 쟁기질해 놓고 갔을까

제 몸을 굽이쳐
스스로 물이랑을 만드는 기술을
누가
바다에게 가르치고 떠났을까

타고난 걸까,
습득한 걸까

해마다
쟁기질해 주기 벅차고, 귀찮으니
스스로 물이랑을 만들도록
바다에게 가르친 게 분명하지

태초에

누가
바다의 물이랑에 씨를 뿌렸을까

아무리 잡아도
고기들이 마르지 않도록
스스로 생육하고 번식하게 해 놓다니

커다란
한 마리 포유동물인
바다에게
누가 저런 지혜를 안겨 주고 떠났을까

파도의 군말

갈매기야,
갈매기야
나를 따라 하지 마
나를 따라 하지 마

갈매기야,
갈매기야
줏대 있이 놀아야지
줏대 있이 놀아야지

네가
어떻게 해야 되는지
어떻게 해야 되는지
나도 알 수가 없다마는

갈매기야,
갈매기야
나를 흉내 내지 마
나를 흉내 내지 마

밀물과 썰물

속은 어떤지 몰라도
바다가 저리 건강해 보이는 것은
하루에 두 차례
어김없이 먼 걸음을 하기 때문이지

단 하루도 거르지 않고
먼 길을 왔다, 갔다 하니
따로 운동을 할 필요가 없지,
뱃살이 저절로 빠지는 걸

뉘 나지도,
서운하지도 않을 정도만
갯벌과, 자갈밭과, 모래밭과
어울리고 헤어지기를 반복하지

세상 어느 바닷가에도
한쪽에 치우치지 않고
하루에 두 차례 다녀만 가도
근육질의 몸매가 유지되지

만조

바다가 뭔 일로
이리 조용하다 했더니
먼 걸음 하여
힘이 파여 그런 거여

아니어,
바다가 배가 부르니
몸뚱이를
움직이기 싫은 거여

바다라고 귀가 없을까,
너무 설친다고
이구동성 말이 많으니
자숙할 수밖에

누가 뭔 말한다고
눈치 볼 바다가
아니어,
뭔가 꿍꿍이속이 있는 거여

간조

다이어트 하다가
목숨까지 내놓기도 하는
세상에
저리 쉽게 뱃살을 빼다니

아무리 살이 쪄도
바다는
보기가 싫지 않으니
살을 뺄 필요가 전혀 없는 것을

뱃살이 찌면 찔수록
바다는
바라보는 이의 마음도
넘실대게 하는 것을

살이 빠지지 않은 바다가
살이 빠져도 좋은 것은
갯가에
선물을 배달하기 때문이여

무인도

내 몸에 발 딛지 마라
내 몸에 발 딛는 순간에
나는
나의 순결을 잃게 되나니

외롭고 낮고 쓸쓸한 것은
나의 운명이니
나의 외로움을 덜어 주려
행여 발 디딜 생각 마라

바람의 손길 아니어도
내게 다녀간 해와 달, 별들의 손길을
내가 실토하지 않아도
그대가 눈치챘을 것이니

나보다 더 외로운 이들이
내게 찾아오니
그들이 길 잃지 않게

나는 제자리를 지키고 있는 것을

내 몸에 발 딛지 마라
내 몸에 발 딛는 순간에
나는
내 이름값을 못 하게 되나니

별맛

세상에 맛볼 것이 한두 가지 아니지만
그중에 별맛을 보려면
사람의 손이 타지 않은
섬으로 가야지

무인도로 갈 수 없다면
육지로부터 아득한
가거도나 홍도, 흑산도 아니면
하의, 장산, 비금, 도초로 가야지

밤하늘 보고 입 벌리면
달빛이 별빛이 쏟아져 들어오지
주먹만 한 별들이
너나없이 눈길을 주는

밤하늘에 사다리를 기대어
별들이 내려와
놀다 가면 좋은데

돌아갈 생각 안 하면 큰일이지

세상에 맛볼 것이 여기저기 널렸다만
그중에 별맛을 보려면
사람의 손이 덜 탄
섬으로 가야지

바다를 막고프면

더 이상 강물이 바다에게 구애하지
못하게
바다를 막고프면
세상은 어떻게 되나

세상의 모든 강물들이
피켓을 들고 일어나기에
시도도
못하겠지

강물들이 눈감아 준다 하더라도
양동이로 품어 낸 바닷물이
강물로 다시 흘러들어
둑을 무너뜨리겠지

둑이 무너지지 않으면
육지는 바다가 되고
바다는

육지가 되겠지

아,
그렇다면
임무 교대를 해보는 것도
괜찮지 않나

포세이돈에게 할 말이 있다

겁나는 일이지만
내가 이따금
바닷가에 나오는 것은
포세이돈에게 할 말이 있어서이다

왜 책임지지 못할 행동을
메두사에게 하여
메두사의 운명을 바꿔 놓았냐고
따지고 싶어서이다

기다리고 기다려도
포세이돈이
아직까지 내 앞에 나타나지 않은 것은
대답이 궁해서이다

삼지창으로 무장한 포세이돈이
나 같은 놈이
뭐가 두렵겠냐만

과거사 진상위원회에 회부될까 무서워서이다,
뒤늦게라도

바다의 신神 포세이돈에게 보내는 유리병 편지

바다 밑 어디에
은신해 있기에
코빼기도 보이지 않는단 말인가

그대가 한 일이 아니라면
그대가 시킨 일이 아니라면
당당히 나와
수사에 응하면 될 텐데

그대가 한 일이 아니어도
그대가 시킨 일이 아니어도
그대의 관할 구역에서
일어난 일이기에
그대도 책임을 면할 수 없기에
나타나지 않는단 말인가

동거차도에서
세월호가 약점을 보였다 하더라도
세월호가 실수를 하였다 하더라도

꿈 많은 청소년들이 승선하고 있는 것을
감안할 일이지
가차없이 일을 저지르다니

그대가
아랫것들을
어떻게 가르쳤기에
세월호를 순식간에 삼키고도
일 없다는 표정인가

삼지창으로 무장한 그대를 믿고
아랫것들이
아홉 명의 사체들을 지금까지
내놓지 않고 버티는가

바다 밑 어디에
은신해 있기에
낯짝이 보이지 않는단 말인가

만일에 사이렌이 살아 있다면

만일에 사이렌이 살아 있다면
오디세우스 못지않게
한 번 도전해 볼 생각인데
죽었다지

밀랍으로 귓구멍을 막을 필요도 없이
이리로 오라,
사이렌이 홀리면
사이렌이 홀리는 대로
가는 거지

늙은 나이에
목숨을 건 사랑을
한 번 해보는 것도
기념비적인 일이지

지금 당장이라도
이탈리아 시칠리아 근처 연안을

다 뒤지고도 싶지만
이미 사이렌이 죽어
헛수고할 필요가 없지

사이렌은 이미 죽었는데
소방차와 앰뷸런스에
모사품 소리만 남아
위세를 부리고
영정은 스타벅스의 앰블럼이 되었지

만일에 사이렌이 살아있다면
오디세이 못지않게
한 번 도전해 볼 생각인데
죽어 바위가 되었다지

수평선

1

바다가
넘치지 않게

한 방울도
허비되지 않게

막고 있는
것을

2

수평선이
힘들어하니

해가
도우러 가는 것을

무너지지
않게

일몰

바다가
펄펄 끓는 것을 보면
누가
불을 때고 있는 거다

임무 교대하러
태양이
수평선 아래로 내려가는 것을
봐!

가마솥인
지구에
누가
불을 넣고 있는 거다

일몰

낫달이 졸고 있는 사이,
태양과 지구가
서로
눈길을 마주치더니

결국은
태양이
지구의 품에
안기다니

|시 읽기|

바다의 대하소설을 쓰고 있는 한 마리 갈매기

— 김재석 시집,『바다의 신神 포세이돈 지명수배되다』

이 성 혁(문학평론가)

|시 읽기|

바다의 대하소설을 쓰고 있는 한 마리 갈매기

— 김재석 시집,『바다의 신神 포세이돈 지명수배되다』

이 성 혁(문학평론가)

1990년『세계의 문학』으로 등단한 김재석 시인은 현재 어느 때보다도 활발한 작품 활동을 전개하고 있는 중견 시인이다. 특히 2008년 유심 신인 문학상 '시조' 부문 당선 이후에는, 시인의 창작력이 봇물처럼 터졌는지 김해인이란 필명으로 9권의 시조집을 출간하고 10여 권의 시집을 출간했다. 1년에 세 권 이상의 시집과 시조집을 펴낸 것인데, 시작詩作에 대한 엄청난 의욕이 없으면 이러한 출간 작업을 할 수 없었으리라.

이러한 지칠 줄 모르는 시에 대한 의욕이 어디에서 비롯된 것인지는 알 수는 없으나, 1993년 첫 시집『까마귀』를 내놓고 나서 십 년 동안 시집을 출간하지 않았던 것을 보면, 장시간의 모색을 거쳐 축적해 놓은 시적 역량이 2000년대 중반을 거쳐 격렬하게 발동되었음을 짐작할 수 있다. 이 정도 시집을 발표하려고 한다면 하루나 이틀에 한 편의 시를 쓴다는 말, 시인은 현재 시 쓰기를 생활화하고 있다는 것을 알 수 있다. 시를 생활화하기, 이는 시적 상상의 시간이 삶의 시간 대부분을 차지하고 있다는 의미일 터, 정말로 김재석 시인은 말 그대로 시의 인간으로 살아가고 있다고 하겠다.

스무 권이 넘는 김재석 시인의 시집은 다채로운 주제를 담고 있는데, 특히 시집 『달에게 보내는 연서』(2007)나 시조집 『별들의 사원』(2009) 등은, 유성호 평론가에 의해 "천체 미학의 한 극점을 보여"주고 있다고 평가된 바 있다. 하늘을 배경으로 '해'와 '달'과 '별'이 주인공이 되어 살아가고 있는 "삶의 만화경"을 보여 주고 있는 이 시집들은 "낭만적이고 동화적인 천체적 상상력을 일관되게 보여"(유성호의 『별들의 사원』 해설)주고 있다고 하겠다. 그리고 최근 출간된 『구름에 관한 몽상』(2015) 역시 '천체 미학'을 보여 주고 있는 시집이라고 하겠는데, 이 시집의 해설도 맡은 유성호는 "우주의 음악을 통해 김재석 시인은 자연과 인간, 우주와 지상 사이의 소통과 친화를 욕망하면서 실현하고 있"다고 쓰고 있다. 유성호의 논의들에 따르면, 앞의 두 시집에서 천체적 상상력은 동화적이고 낭만적인 상상력을 보여 주었다면, 최근에 출간된 『구름에 관한 몽상』은 음악적 정신을 통해 우주와 인간 사이에 아날로지의 세계를 구현했다고 말할 수 있을 것이다.

새로이 출간되는 『바다의 신神 포세이돈 지명수배되다』에서 시인의 동화적이고도 낭만적인 몽상과 아날로지는 이제 바다를 대상으로 펼쳐진다. 하늘과 바다와 땅, 이 세 영역이야말로 인간을 에워싸고 있는 세계라고 할 수 있겠는데, 위에서 언급한 시집들이 하늘을 주제로 하고 있다면 이 시집은 바다를 주제로 시인의 상상력을 펼쳐 내고 있는 것이다. 그것은 바다가 지니고 있는 속성에 대한 관찰을 바탕으로 이루어진다. 그런데 저 '천체 미학'이 보여 주는 하늘의 세계는 인간의 능력을 넘어서는 어떤 숭고한 세계로서 제시되었다기보다는 인간 삶의 순순한 원형으로서 나타났던 것처럼, 여기 바다의 세계 역시 자연적인 심성과 욕망을 지닌 존재자들이 살아가고 있는 장소로 현상한다.(바다가 바로 그러한 존재자들 중 하나이다.) 그래서 두 주제의 시집들 모두 의인법이 두드러지고 우화의 성격을 가진다. 아래의 시는 이 시집의 그러한 성격을 잘 보여 주고 있다.

뭍에서 살고 싶은 바다는
내륙 깊숙이,
내륙 깊숙이
제 몸을 뻗어 나간다

뭍에 다다르고 싶은
바다를
맨 먼저 맞이한 이는

강江

바다는
강의 자태에 넋을 잃고
강과 몸을 섞어
한몸이 된다

오르가슴에 이른 바다는
더 이상
제 몸을 뻗어 나가지 못하고
힘이 파여 물러난다

바다가 뭍에서 살면
무슨 일이 일어날지
감지한 강이
제 몸을 제물 삼은 것인가

건망증이 심한 바다는
뭍에서 살지 못하고
하루에 두 차례
그 짓을 되풀이한다

— 「바다의 건망증健忘症 — 요니의 바다, 강진만에서」 전문

바다는 위의 시에서 성적 욕망에 몸이 달은 동물성—"바다라는 포유동물"(「바다」)—을 지닌 맹목적인 존재자로 나타난다. 그것은 여성의 성기를 신격화 한 '요니'이기도 하다. 결합의 욕망으로 "내륙 깊숙이/ 제 몸을 뻗어나"가는 바다, 이 바다와 몸을 섞는 존재자는 강이다.(강은 요니와 결합하는 남근의 신 '링가'와 같다.) 이 강은 바다와 결합하여 '한몸'이 됨으로써, 바다가 뭍을 침범하는 것을 "제 몸을 제물 삼"아 막기도 한다. 바다가 뭍을 침범해 버리면 큰일인데, 바다는 강과의 성적 결합으로 오르가슴에 다다름으로써 "제 몸을 뻗어 나가지 못하고" 뭍으로부터 물러나는 것이다. 하지만 흥미롭게도, 바다는 건망증이 심해 다시 뭍과 결합하여 살기 위해 뭍으로 밀려 온다고 시인은 말하고 있다. 니체가 말했듯이 건망증은 동물의 특성 중 하나라고 한다면, 이 시집에서 바다는 동물적인 순수성과 욕망을 지닌 존재자로서 등장하고 있다고 하겠다. 바다와 같이 에로스적 욕망이 이끄는 자연적인 존재자들이 살아가는 세계가 바로 바다의 세계라고 하겠는데, 이 시집에서 시인은 그 바다의 세계에서 현현하는 현상들을 포착하고 그 현상들의 의미를 상상력의 발동을 통해 드러내고 있다.

2

『바다의 신 포세이돈 지명수배되다』는 「일출」이라는

시에서 시작하여 「일몰」이라는 시에서 끝난다. 즉 해가 떠서 바다를 비추기 시작하면서 시집이 열리고, 해가 져서 바다가 보이지 않게 되면서 시집의 막은 내려지는 것이다. 「일출」은 "후문으로 들어간/ 태양이/ 정문으로/ 당당하게/나오는" 모습을 보여 주고 있는, 2연으로 된 짤막한 시다. 시집 마지막에 실린 「일몰」은 "태양이 지구의 품에 안기"는 모습을 보여 주면서 끝나는, 역시 2연으로 된 짤막한 시다. 이는 시인의 의도에 따른 것일 터, 김재석 시인은 일몰과 일출 사이에 펼쳐지는 바다의 세계를 그려내 보고자 하는 구도를 가지고 있었다고 하겠다. 일출 이후 드러난 바다에 대한 모습은 시인에게 어떠한 인상이었을까? 그 인상은 여러 모습으로 비유되고 있는데, 아래와 같이 스스로 쟁기질 하는 밭의 이미지로도 나타난다.

> 태초에
> 누가
> 바다를 쟁기질해 놓고 갔을까
>
> 제 몸을 굽이쳐
> 스스로 물이랑을 만드는 기술을
> 누가
> 바다에게 가르치고 떠났을까

타고난 걸까,

습득한 걸까

해마다

쟁기질해 주기 벅차고, 귀찮으니

스스로 물이랑을 만들도록

바다에게 가르친 게 분명하지

태초에

누가

바다의 물이랑에 씨를 뿌렸을까

아무리 잡아도

고기들이 마르지 않도록

스스로 생육하고 번식하게 해 놓다니

커다란

한 마리 포유동물인

바다에게

누가 저런 지혜를 안겨 주고 떠났을까

—「물이랑」 전문

위의 시는 이 시집에서 김재석 시인의 독특하고 발랄한 상상력이 잘 드러나는 시 중 하나이다. 여기서 바다는 앞에서 보았듯이 '포유동물'이면서도 스스로 쟁기질한 밭이기도 하다. '물이랑'의 사전적인 의미는 "물이 넘실거려서 물의 표면이 밭이랑처럼 된 것"을 말한다. 파도의 모습에서 밭이랑을 상상하여 만들어진 단어가 '물이랑'인데, 흥미롭게도 시인은 그 물이랑이 바다 스스로 쟁기질해서 만들어진 것이라 상상하면서 그러한 바다의 활동성을 '포유동물'의 이미지와 연결시키고 있는 것이다. 다시 말하면 바다는 스스로 자신의 살결에 이랑을 만들고 씨를 뿌려 고기들을 산출하는, 물로 된 대지이자 커다란 포유동물이다. 그렇기에 바다는 우리에게 무상으로 먹을 것을 주는 '어머니—대지'이기도 한 것이다. 땅이라는 대지에서는 인간들이 쟁기질을 해야 밭이랑이 만들어지고 식량이 산출되지만, 바다라는 대지는 스스로 고기를 산출하고 그 고기들이 "스스로 생육하고 번식하게 해 놓"아 "마르지 않도록" 한다는 차이가 있긴 하지만 말이다. 그렇기에 땅의 대지보다도 더욱 어머니의 사랑과 같은 무상의 사랑을 주는 것이 저 바다라고 하겠다.

하여, 저 물이랑을 만드는 바다의 '주름'은 성스러운 것이다. 바다가 스스로 물이랑을 만듦으로써 우리에게 줄 양식이 만들어지는 것이기 때문이다. 그래서 시인은

'바다'의 "주름을 없애면/ 바다는 굳어 버리겠지,/ 아무것도 생존할 수 없게 된다고"(「주름 없는 바다는 없다」) 말하는 것이리라. 그 '이랑-주름'은 바다가 스스로에게 가하는 노동의 결과로 생기는 것이다. 한편으로 노동이란 살아가기 위한 근심 걱정 때문에 해야 하는 것, 물이랑이 "근심 걱정"에 의해 생긴 주름이라고 할 수 있는 것은 그 때문이기도 하리라. 그런데 그 주름으로 인하여 바다뿐만 아니라 그 바다라는 대지의 자식들인 우리들도 생존할 수 있는 것이기 때문에 "근심 걱정이 없으면/ 삶은 굴러가지 않"아서 "근심 걱정이/ 삶의 원동력이라고"(같은 시) 말할 수 있는 것이다. 이에 덧붙여 그 바다의 주름은 아이를 먹여 살리기 위한 어머니의 근심 걱정의 표정이라고 말할 수 있을 것이다.

다른 한편으로, 바다는 떼 지어 몰려다니는 군중의 모습으로 그려지기도 한다. 아래의 시는 「바다」 연작시 중 한 편의 전반부다.

> 가만있지 못하고
> 하루에 두 차례 방향을 바꾸어
> 떼 몰려다니는 것을
> 봐!
>
> 무슨 일로

저리 서둘러 다니는지
뭔가
뜻하는 바가 있을 텐데

떼 몰려다니며
누군가를 맞이하고
누군가를 보내는 것 같기도
한데

아,
해와 달, 별들이 떨어질까 봐
받아 내려
서둘러 다니는 거지

해와 달, 별들이
바다가 아닌 곳에 떨어져
상처 날까 봐
저리 안절부절못하는 것을

시인은 위의 시에서 "하루에 두 차례" 파도를 동반하면서 밀려 오고 밀려 나가는 바다의 모습에서 '서둘러' "떼 몰려다니"는 군중의 모습을 포착한다. 다시 말하면 바다는 하나의 개체가 아니라 개체들이 모여서 행동하고 있는 군중이다. 하지만 위의 시에서 바다는 맹목적인 모습을 보여 주고 있지 않다. "해와 달, 별들이/ 바다가 아닌 곳에 떨어져/상처 날까 봐" 그것들을 "받아 내려" 돌아다니고 있는 것을 보면 말이다. 시인은 바다의 집단적인 형상에서 부정적인 이미지보다는 긍정적인 군중의 이미지를 읽어 낸다. 그 군중은 어머니의 보호 본능으로 사려 깊게 움직인다. 그런데 바다를 이루는 개체들은 누구인가? 시인은 또 다른 시 「바다」에서, 바다가 "더 이상 갈 데 없"으며 "서로 다른 강물들이 여기저기에서 모"인 것이라고 말하고 있다. 이에 따르면, 바다라는 저 군중은 고향을 잃고 떠도는 이들이 모여서 형성된 것이다. 시인은 그렇게 형성된 군중을 앞에서 언급한 바와 같이 부정적인 시선으로 보지 않는다. 물론 그 군중은 개체들이 모인 것이라 시끄럽고 힘을 과시하기도 한다. 바다는 "말이 많"고 "어깨에 힘들 주는"(같은 시) 이들이 모인 군중이다. 하지만 바다는 하늘의 이상들—달, 별, 해 등—이 떨어질 때 그것을 받아 안으려고 본능적으로 움직이는 모성적인 집단인 것이다. 어떻게 보면 위의 시는 민중에 대한 시인의 시각을 엿볼 수 있는 시라고도 할 수 있겠다. 어떤 개인의 삶과 이상이 추락할 때에도 이를 받아 안고 품을 수 있는 어머니와 같은 이미지를 지닌 민중.

3

앞에서 살펴본 바에 따르면, 이 시집에서 김재석 시인이 보여 준 바다의 모습은 성적 욕망에 맹목적이고 건망증에 걸려 있는 동물적 여성성을 보여 주기도 하지만, 스스로 자신을 쟁기질하여 양식을 산출하는 '어머니-대지'의 여성성을 보여 주기도 한다. 한편으로 바다는 떼 지어 몰려다니며 하늘의 해와 달, 별을 본능적으로 보호하고자 하는 모성적인 군중으로도 현현한다. 시인은 바다의 이미지들을 이렇게 형상화하고 있는 것과 함께, 바다의 존재론을 인식하여 제시하고 있기도 하다. 바다는 어떻게 존재하고 있는가? 바다는 홀로 존재하고 있지 않다. 시인에 따르면, 바다는 강물과 몸을 섞으면서 존재한다. 그리고 또한 강물은 냇물과 함께 존재하며, 냇물은 산골 물과, 산골 물은 산과 함께 존재하고 있다. 이에, 여러 편의 '바다' 연작 중의 또 다른 한 편인 아래의 「바다」에서, 시인은 다음과 같이 말하고 있다.

바다는
강물의 유전자를 가지고 있지

강물은
냇물의 유전자를 가지고 있지

냇물은
산골 물의 유전자를 가지고 있지

산골 물은
산의 유전자를 가지고 있지

결국 바다는
산의 유전자를 가지고 있는 것을

바다는 왜
산처럼 가만있지 못하나

일생을 제자리에 붙박인 산은
이제야 제 마음껏 돌아다니고 싶은가

천천히 '클로즈업' 하는 기법으로 써진 위의 시에 따르면, 강물과 몸을 섞는 바다에는 강물뿐만 아니라 냇물과 산골 물, 그리고 산의 유전자도 있는 것이다. 하지만 산과 같은 유전자를 갖고 있는 바다는 "산처럼 가만있지 못하"고, 산 역시 바다처럼 몰려다니면서 움직이지 못한다. 그래서 시인은 그 유전자의 공유에 대해서 의심을 품게 되겠지만, 이러한 인식에 도달하면서 평생 움직이지 못하고 같은 자리에 붙박여 있는 산이 "이제야/ 제 마음껏 돌아다니고 싶은가"라는 산의 욕망을 읽어 낼 수 있게 된다. 여하튼 위의 시에서 주목되는 바는, 바다가 여러 존재자들과 함께 유전자를 공유하면서 존재한다는 것이다. 이는 한편으로 제유적인 수사법을 낳기도 하는 것인데 "한 알의 모래알에서 우주를 본" 블레이크처럼 작은 개체도 우주의 유전자를 공유한다고 볼 수 있기 때문이다. 아래의 시는 부분으로 전체를 드러내는 제유를 보여 주면서, 시인의 상상력이 좀더 입체적인 모습으로 전개되고 있어서 주목된다.

소금 부대의
발등이 젖어 있다

발등이 젖은
부대에 갇힌 소금 속에는
바다가
출렁이고 있다

그 출렁이는 바다에는
섬이
웅크리고 있다

그 웅크리고 있는 섬에는

등대가
갈매기 떼의 유일한 벗이 되어 주고 있다

그 갈매기 떼의 유일한 벗이 되어 주는
등대에는
낮과 밤을 달리하는
등대지기가 있다

낮과 밤을 달리하는 등대지기가 있는
소금 부대의
발등이 젖어 있다

— 「소금 부대」 전문

위의 시는 상상력의 확장과 수축의 운동 속에서 시가 전개되면서 바다의 풍경이 펼쳐지고 있다. 소금 부대의 발등이 젖는다. 채취된 소금에 스며들어 있던 바닷물이 눈물 흘리듯 빠져나갔기 때문일 것이다. 소금은 바다에 대한 기억을 떠올리고 있을 것이다. 부대 속의 소금은 바다 속에 살고 있다가 채취된 것, 부대에 갇힌 소금은 고향을 떠올리게 될 것이다. 그래서 소금은 "출렁이는 바다"를 상기한다. 출렁이는 바다가 기억에 떠올려지면서 그 바다에 존재하고 있던 다른 존재자들의 모습도 보이기 시작한다. 바다에 웅크리고 있던 섬이 보이고 그 섬에 서 있는 등대가 보이며 그 등대가 유일하게 벗을 해 주고 있는 갈매기 떼가 보이고 갈매기 떼 아래에 "낮과 밤을 달리하는/ 등대지기"의 모습이 차례로 보이는 것이다. 그런데 이러한 이미지들은 소금 부대 속의 소금이 떠올리는 것, 그래서 상기된 등대지기는 소금 부대 속에 있다고도 말할 수 있으며, 하여 그 등대지기 옆에 "발등이 젖어 있"는 소금부대가 있는 것이다.

"발등이 젖어 있는" 소금 부대에서 시작하여 바다와 섬, 등대와 갈매기, 그리고 등대지기의 모습으로 렌즈가 이동하다가 다시 소금 부대의 모습으로 초점이 옮겨지는 시의 전개 방식은 매우 인상적이다. 소금이라는 미세한 존재자에서 광대한 바다의 모습을 담아 내는 제유 역시 성공적으로 제시되고 있다. 부분에서 전체를 보고 전체에서 부분을 보는 이러한 제유적인 시적 사유는, 한편으로 개체들이 그 자체로 존재하면서 우주와 관계를 맺고 있다는 사유이기도 하다. 관계 맺고 있는 개체들은 우주와 같은 유전자를 공유하면서 각기 다른 존재자로서 존재한다. 바다와 산이 같은 유전자를 공유하면서 관계를 맺고 있음에도 불구하고, 바다는 쉼 없이 움직이고 산은 변함없이 같은 장소에 붙박여 있으면서 달리 존재하듯이 말이다. 이러한 바다의 제유적인 존재론은 다음과 같은 재치 있는 표현을 동반하면서 제시되고 있기도 하다.

1

하늘에서 떨어지는

별들을

다 받아 내서

바다라 하고

바다 한가운데

우뚝

서 있어서

섬이라 하고

2

하늘에서

떨어질 별들을

받아 내려고

바다는

자리를 비우지 못하고

배은망덕하단 말

들을까 봐

별들은 하늘로

돌아가지 않고

3

바다가

아랫도리에

바싹 힘을 주어

섬들이 태어났다고 하고

바다가

심심해하니

별들이

하늘에서 놀러 왔다

붙들렸다 하고

—「바다와 섬」 전문

바다의 어원과 섬의 어원이 재미있게 제시된 시다. 나아가 섬의 탄생에 대해서도 시인은 흥미로운 상상을 제시하고 있다. 앞에서도 보았듯이 바다는 "하늘에서 떨어지는 별들을" 받아 내고자 한다. 그래서 떨어진 별들을 받아 내어 생긴 것이 섬의 기원이라고 할 수 있다는 것이다. 또는 "바다가/아랫도리에/ 바싹 힘을 주어" 태어난 것이 섬이라고도 시인은 말하기도 한다. 이 둘 중에 어떤 주장이 맞는지 시인은 확정해서 말해 주지 않고 있다. 만약 섬을 바다가 낳은 자식이라고 할 때, 바다는 섬의 어머니로서 존재한다는 말이 된다. 이때 다도해의 경우엔 "저 많은 섬들/ 젖 물렸던 바다"(「다도해」)가 될 것이다. 여하튼 위의 시에서 주목되는 바는 바다와 섬은 상대를 배려하는 마음을 가지면서 존재하고 있다는 점이다. 바다는 떨어지는 별—섬의 전생—을 놓칠까 봐 자리를 뜨지 못하고 섬은 "바다가 심심해" 할까 봐, "하늘로/돌아가"는 '배은망덕'을 저지르지 못하고 있는 것이다. 서로가 서로에게 흡수되거나 소외되지 않고 공존의 관계를 맺는 것이 제유의 관계라고 할 때, 저 섬과 바다는 제유의 관계를 맺고 있다고 할 수 있겠다.

4

이 시집에는 섬에 초점을 맞추어 전개된 시들도 다수 찾아볼 수 있다. 「바다와 섬」에서 보았듯이, 이 시집에서 섬은 하늘에서 떨어져 바다에 박힌 별이기도 하다. 그래서 섬에서는 하늘의 별들을 많이 볼 수 있게 되는 것인지 모른다. 섬은 하늘의 해와 달, 별들의 형제일 테니 말이다. 하늘의 별들은 섬이 바다에서 잘살고 있는지 내려다보려고 할 것이어서, 섬에 있는 사람들은 많은 별들과 만날 수 있는 것이다. 하여, 시인은 섬에서는 '별맛'을 맛볼 수 있다고 다음과 같이 말하고 있다.

> 밤하늘 보고 입 벌리면
> 달빛이 별빛이 쏟아져 들어오지

주먹만 한 별들이
너나없이 눈길을 주는

밤하늘에 사다리를 기대어
별들이 내려와
놀다 가면 좋은데
돌아갈 생각 안 하면 큰일이지

세상에 맛볼 것이 여기저기 널렸다만
그중에 별맛을 보려면
사람의 손이 덜 탄
섬으로 가야지

— 「별맛」 후반부

별을 맛본다는 것은 그만큼 별을 육감적으로 받아들인다는 것이다. 시각은 거리를 두는 감각이고 판단을 이끄는 감각이다. 그래서 이성 중심주의의 시대인 근대에서 시각이 가장 중요한 감각으로 떠올랐던 것이다.

하지만 대상과의 접촉을 통해 가질 수 있는 감각인 촉각이나 미각이야말로 대상을 자신의 몸으로 받아들이는 감각일 수 있는 것이다. 시인이 별을 맛본다고 할 때, 그는 별과 직접적인 접촉을 하고 있는 듯한 느낌을 가진다는 말이다. 그러한 감각이 가능한 것은 저 섬과 하늘이 교감

하는 아날로지의 공간을 만들기 때문이다.

시인에 따르면, 섬에서는 "주먹만 한 별들이/ 너나없이 눈길을 주"고 있는 것을 인지할 수 있다. 섬 역시 하늘에서 떨어진 별인 것, 하늘의 별과 바다의 별도 눈길을 주고받을 것이다. 이 공간 안에 있는 시인은 별을 직접적으로 감각할 수 있다. 그런데 그 아날로지의 공간은 "사람의 손이 덜 탄" 곳이어야 현현할 수 있다고 시인은 말한다. 합리적인 의식으로 무장되어 있는 사람의 손이 닿을 때 그 신비한 공간은 닫히고 말 것이라는 의미일 것이다. 그렇기에 "해와 달, 별들의 손길" 이 다녀간 무인도는 "나보다 더 외로운 이들" 을 위해 "제 자리를 지키고 있"(「무인도」)는 무인도에서야말로 아날로지의 세계가 열려 있을 것이다.

바다에 거주하는 섬과 하늘이 신비한 관계를 맺고 있는 그 아날로지의 세계에서는, 하늘을 별들이 거주하는 바다라고도 바꾸어 말할 수 있을 것이다. 그래서 「하늘 바다」에서 시인은 밤하늘을 돌아다니는 어떤 별에 대해 "순시선 한 척" 또는 "금빛 물고기 한 마리"라고 표현한다. 또는 별을 "하늘의 섬"으로, 섬을 "바다의 별"(「섬」)이라고도 부른다. 「섬」이란 제목의 또 다른 시에서는 "다른 것은 다 감추어도/ 유일하게/감추지 않은 게 섬"이라면서, "하늘 바다가/ 하늘의 섬인 별들을/ 내보이고 싶어 하듯이/ 바다는 바다의 별인 섬들을 내보이고 싶은 게다"라고 말하고 있기도 하다. '하늘 바다'가 밖으로 내보이는 반짝이는 별들처럼, 바다는 "태어날 때부터 우량아"(같은 시)인 섬들을 내보이는 것이다.(시인은 이 우뚝 바다 위에 솟아 있는 섬을 "뿔"이라고 말하기도 한다.)

아날로지의 상상력에서는 이렇게 하늘의 별이 섬이 되고 섬이 바다의 별이 되는 것인데, 하여 이 상상력에 따르면 어떠한 대상도 '섬'이 될 잠재성이 있다고 말할 수 있게 된다. 하지만 그 대상은 어떤 시적인 마음과 결속되어야만 섬이 될 수 있다. 아래의 시에 따르면, 그 대상이 "가고 싶은 곳"이어야만 그 대상은 섬으로 현현하는 것이다.

섬만
섬이 아니라
가고 싶은 곳은
다 섬이다

그대가 가고 싶은 곳이
해와 달, 별들이면
해와 달, 별들은
다 섬이다

그대가 가고 싶은 곳이
해와 달, 별들이 아니어도

누군가가 가고 싶으면
해와 달, 별들은
다 섬이다

하늘에 얼굴 내민
섬

가슴을 앓아눕기도 하고,
가슴을 앓아눕지 않기도 하는
섬

걸어 다니는
섬

섬만
섬이 아니라
가고 싶은 곳은
다 섬이다

— 「섬」 전문

위의 시에 따르면, "하늘에 얼굴 내민" "해와 달, 별들"이어도 그것들이 "그대가 가고 싶은 곳"이라면, 아니 "누군가가 가고 싶으면" '다' 섬인 것이다. 그래서 그곳이 해와 달, 별이 아니어도 닿고자 원하는 대상, 그리워하는 대상이라면 섬일 수 있다. 그래서 섬은 어떤 사람일 수도 있다. 그래서 섬은 사람처럼 '걸어 다'닌다고도 시인은 말한다. (시인에게는 섬과 같은 자연물이 인간으로 여겨지는데 더하여, 배와 같은 인공물도 인간과 같은 존재로 나타난다. 가령, 뗏목에서 나룻배, 돛단배, 여객선, 원양어선, 무역선으로 이어지는 배의 진화에 대해 시인은 "대를 이어 태어난"(「배의 발달사」) '번식'으로 표현하고 있다. 또한 '폐선'이 "나도 한 때는/난바다도 두려워하지 않는/막 나가는/근육질이었지"(「폐선」)라고 회고하는 모습에서도 배의 의인화를 볼 수 있다. 배 역시 섬처럼 "여기저기 걸어 다"(「걸어 다니는 배」)니는 존재자이기도 하다.) 섬은 앓아눕거나 "앓아눕지 않기도 하는" 가슴을 가진 사람이다. 그래서 그 섬은 아래의 시에서 볼 수 있듯이, 조개에서 태어난 비너스처럼 아름다운 여인일 수도 있으리라.

보티첼리의 〈비너스의 탄생〉으로
증거를 대지 않아도
사람은 조개에서 태어나지

섬은
조개인 것을

큰 조개, 작은 조개들이
씨알이 잘 여문 사람
씨알이 잘 여물지 않은 사람
가리지 않고 낳지

섬이 조개이면
조개가 낳은 사람도
섬인 것을,
조개인 것을

걸어 다니는
섬과
조개가
또 섬과 조개를 낳는 것을

걸어 다니는 조개이자 섬인
여인은
가슴에 일란성 쌍둥이 섬이
있는 것을

보티첼리의 〈비너스의 탄생〉으로
입증하지 않아도
이제 분명하지,

사람이 조개에서 태어나는 것이

—「섬은 조개이다」 전문

가고 싶은 곳, 그리움의 대상이라면 그것이 무엇이든 모두 섬이라고 할 때, 조개 역시 섬이 될 수 있을 것이다. 비너스가 탄생한 곳인 조개는 우리들이 태어나는 어머니의 자궁 또는 성기를 상징할 수 있다. 어머니의 자궁은 인간의 다시 돌아가고 싶은 원초적인 그리움의 장소다. 그래서 조개가 섬이 될 수 있는 것 아니겠는가. 그런데 이 조개가 사람을 낳는다는 것은 조개가 사람의 자궁과 같다는 의미이기도 하면서 사람은 조개라고 말할 수 있게 한다. 그래서 "섬이 조개이면/ 조개가 낳은 사람도 섬" 이자 '조개'라고 시인은 말하고 있는 것이리라. 사람은 섬이자 조개이기에 섬은 '걸어 다니'는 조개이기도 하며, 그 '섬—조개'는 '여인'이기도 하다.("가슴에 일란성 쌍둥이 섬"이란 여인의 유방을 의미할 테다.) 이렇게 해서 섬은 시인에게 그리운 여인, 접촉하고 싶은 이성의 여인을 의미하기에 이르렀다. 시인에게 섬은 인간이 거주하는 자연 공간만이 아니라 그 자체가 살아 있는 한 인간으로서 존재하는 것이다. 그리움의 대상인 '여인—섬'은 한편으로 바다이기도 할 것이다. 그 '여인—섬'의 가슴에 쌍둥이 섬이 존재하는 것을 보면 말이다. 그렇다면 여인은 하늘이기도, 전 우주이기도 하다고 말할 수 있으리라. 이 시집에서 하늘(그리고 우주)이 바다로 비유되었다는 점을 상기하면 말이다. 그것은 아날로지의 상상력으로 충만한 시인에게 사랑의 대상이 어떻게 존재하게 되는지를 알려 준다. 그가 어떤 대상을 사랑할 때에는 전 우주와 교감하게 된다는 것을 말이다.

5

외롭게 서 있는 섬은 사랑의 대상에 대한 그리움을 더욱 절실하게 만드는 공간일 것이다. 사랑의 대상 역시 시인에게 섬으로 존재하기 때문일 것이다. 섬 속에 섬이 있듯이 외로운 섬 속에 그리움이 있다. 사랑의 대상이 섬이라고 한다면, 그는 별이기도 하다. 그런데 그 별이 그리움에 휩싸인 사람을 불러들이는 특정한 장소가 있는데, 등대가 바로 그곳이다. 가령, 「하조도 등대에서 만난 개밥바라기」라는 시에서, "내 주먹보다/ 훨씬 큰 개밥바라기가" "뭔가/ 긴히 할 말이 있는"지 "하조대 등대까지/ 날 불러낸 것을 보면" 말이다. 아래는 이 시의 전문이다.

내 주먹보다
훨씬 큰 개밥바라기가
눈치 보는
까닭은

뭔가
긴히 할 말이 있는 게 분명하지
하조대 등대까지
날 불러 낸 것을 보면

나와 같이 있는 사람들
내 곁에서 물러나고
나 혼자만
남기를 간절히 바라는데

그걸
눈치채지 못한 이들이
내 곁에서
물러날 생각을 않는 건가

아니
이미 눈치채고서
미친 척
해코지를 하는 건가

내 주먹보다
훨씬 큰 개밥바라기가
안절부절못하는

까닭은

알다시피 개밥바라기별은 저녁에 서쪽에서 뜨는 금성을 지칭한다. 저녁에 뜨는 금성에 '개밥바라기'라는 말이 붙은 연유는 그 금성이 개가 배가 고파서 밥을 바라볼 저녁 즈음에 서쪽 하늘에 나타난다고 해서이다. 그래서 저 개밥바라기별은 개의 원망願望이 스며들어 있는 별이라고 말할 수 있는 것이다. 이에, 그리움 역시 만나고자 하는 원망이라고 할 때, 저 개밥바라기는 사람의 그리움이 투영된 별이라고도 할 수 있겠다.

그런데 그 그리움의 결정체인 별이 '나'에게 할 말이 긴히 있어서 불러 내는 곳이 바로 등대다. 등대란 어떠한 곳이던가? 외로이 서 있으면서 항로를 비추는 곳 아니던가. 하여, 그리움의 대상인 개밥바라기별이 할 말이 있는지 '나'를 굳이 등대로 부른 것은, '나'에게 어떤 길을 비추어 주고 싶어서이지 않겠는가. 그런데 개밥바라기는 '나'에게 할 말을 전달하지 못해 '안절부절'못하고 있다. 그 별이 전달해 줄 말은 '나' 혼자만 있을 때 전달할 수 있는 말인 것, 그런데 "그걸/ 눈치채지 못한 이들이/ 내 곁에서/물러날 생각을 않"고 있는 것이다.

위의 시에 따르면, 그리움의 대상은 '나' 홀로 있을 때 '나'에게 말을 건네주며 삶의 길을 비추어 준다. 시인이 섬에 외로이 서 있는 등대에 홀로 가게 되는 것은 그리움의 대상이 밤하늘에 나타나 등대의 불빛을 켜 주면서 말을 건네주기를 바라기 때문일 것이다. 그래서 그는 「그리움이라는 이름의 등대」에서 마라도에 외로이 서 있는 등대에 대해 "그리움이라는 이름"을 붙이는 것일 테다. 그 시에서 시인은 "내 마음에 안주하고 있는 슬픔을 따돌릴 생각으로" "그리움이라는 이름의 등대가 있는" 마라도 "그 먼 곳까지 찾아"간다. 하지만 이 시의 후반부에서 시인은 다음과 같이 말하고 있다.

> 머리가 잘 돌아가는 슬픔은 단 한 번도
> 내게 속아 넘어가지를 않았어
> 오히려 나를 조롱하듯
> 절망이니 쓸쓸함이니 하는
> 벗들을 불러와 여러 날 함께하기도 했지
> 내 안에 자리 잡은 유통기한도 없고,
> 반납도 되지 않는
> 잔액 같은 건 돌려받고 싶지도 않은 슬픔을
> 마라도의 억새밭이나, 성당, 등대에
> 내려놓고 달아나려 했지
> 정작 슬픔을 따돌리지 못하고
> 돌아온 내 마음에
> 연체 이자 불어나듯
> 그리움이라는 이름의 등대가

나의 밤을 회한에 젖게 하지 않는가

슬픔은 상실로부터 오는 격하고 고통스러운 감정이다. 시인은 그 슬픔을 최남단 마라도의 "그리움이라는 이름의 등대"에 내려놓고는 그 감정으로부터 도망치려고 했다. 상실의 슬픔에 뒤따라오는 것은 그리움인 것, 그리움이라는 등대에서 슬픔을 불러일으키는 그리움의 대상과 만나고는 슬픔에서 벗어나고자 했던 것이다. 그것은 시인의 표현에 따르면, 그리움이라는 장소에다가 슬픔을 불러일으키는 그리움을 "잔액 같은 건 돌려받"을 생각도 않으면서 상환하고 오려고 했던 것이다. 하지만 "돌아온 내 마음에" 남는 것은 그리움의 원금에 '회한'이라는 '연체이자'가 불어난 더욱 짙은 그리움이다. 이제 마라도의 "그리움이라는 이름의 등대"는 시인의 마음으로 옮겨와서 불을 밝혀 회한을 비춘다. 즉 그렇게 비추어진 삶의 길이란 "회한에 젖"은 밤을 살아가는 것, 하지만 회한을 품고 사는 삶은 한편으로 리처드 바크의 『갈매기의 꿈』에 나오는 주인공 갈매기 '조나단 리빙스턴 시걸'처럼 사는 일일 수 있다. 그 소설의 주인공과과 닮으라고 자신의 이름도 '조나단 리빙스턴 시걸'로 지어진 마라도의 한 갈매기는 다음과 같이 말한다.

그저 식탐에 빠진 갈매기들과

생각이 많이 다른 현자인
조나단 리빙스턴 시걸이라는 갈매기가 있었대
포말을 일으키며 달리는 여객선이 던져 주는
새우깡 같은 건 안중에 두지 않고
천둥과 번개가 윽박질러도
구름 저 너머 뭇별들과 이야기를 나누곤 했대
그 갈매기를 닮으라고
아예 내 이름을 조나단 리빙스턴 시걸이라 지었으니
아무렇게나 살 수 없는 것이 내 운명이지
교회와 성당, 그리고 절에게 좋은 자리
다 내어준 마음씨 넉넉한 마라도 할망당처럼
내 동료들이 식탐에서 벗어나
서로가 등대가 되는 삶을 살길 난 바라지
바다는 내가 생을 마칠 때까지
읽어야 할 대하소설이고
내 생은 또 내가 써야 할 대하소설인데
잘못하다간 잡문에 그칠 수 있지
조나단 리빙스턴 시걸, 내 이름값을 하는
생을 산다는 것이 어디 쉬운 일이여
제대로 쓸 수 있을까,
내 생이란 대하소설을

— 「마라도 조나단 리빙스턴 시걸」 후반부

회한에 젖은 삶은 자신의 삶이 기록된 바다를 대하소설을 읽듯 읽어 내게 될 것이다. 회한은 삶을 기억하도록 강제하기 때문이다. 그런데 우리는 위에서, 이 시집에서 바다는 개체들이 모여 형성한 군중의 삶을 의미하기도 한다고 말하지 않았던가? 대하소설이 여러 인물이 등장하여 이야기를 엮어 나가듯이, 바다 역시 여럿의 삶이 모여 이루어진다. 그렇기에 자신의 삶을 기억하면서 바다를 읽어 내는 일은, 자신의 삶과 더불어 자신의 삶을 둘러싼 집단적 삶을 읽어 내는 일이기도 하다. 시인이 "갈매기는/ 바다의 사관"(「갈매기」)이라고 말할 때, 갈매기가 읽어 내는 바다의 역사란 바로 삶이라는 바다에 새겨진 역사, "기억의 장치에 다 저장"되어 있는 "바다에서 일어나는 일들"을 의미할 것이다. 시인이 자신을 투영하고 있는 마라도의 '조나단 리빙스턴 시걸'은 그 자신의 회한 역시 새겨져 있는 바다의 역사를 대하소설로서 플롯화하여 읽어 내려고 한다. 그리하여 조나단에게 "바다는 내가 생을 바칠 때까지/ 읽어야 할 대하소설"인 것인데, 조나단의 이러한 바다에 대한 인식은 삶의 바다라고 할 이 세계를 대하고 있는 시인의 태도를 보여 주기도 한다.

조나단의 그러한 읽기는 읽기를 위한 읽기가 아니다. 그것은 자신의 생을 '대하소설'로서 써나가고자 읽는 것이기도 하다. 그 생의 '대하소설'은 『갈매기의 꿈』에 등장하는 "생각이 많이 다른 현자"인 조나단의 삶처럼 살 때

써질 수 있을 것이다. 또한 그럴 때 비로소 '조나단 리빙스턴 시걸'이라는 "내 이름값을 하"면서 살 수 있는 것, 시인은 자신에게 그 이름을 부여하면서 "천둥과 번개가 윽박질러도/구름 저 너머 뭇별들과 이야기를 나누곤" 하는 어떤 갈매기의 삶을 살고자 다짐한다. 그 갈매기의 삶이란 시를 사는 삶이라고 할 수 있을 터, 이 시집의 시편들은 시를 사는 삶을 살겠다는 그 다짐을 실행하고자 써졌다고 말할 수 있을 것이다.

바다의 신神 포세이돈
지명수배되다
김재석 시집

초판 1쇄 발행일 2015년 12월 10일

지은이 · 김재석
펴낸이 · 김종해
펴낸곳 · 문학세계사

주소 · 서울시 마포구 신수로 59-1(04087)
대표전화 · 02-702-1800 팩시밀리 · 02-702-0084
이메일 · mail@msp21.co.kr
홈페이지 · www.msp21.co.kr
페이스북 · www.facebook.com/munsebooks
출판등록 · 제21-108호(1979.5.16)

값 8,000원
ISBN 978-89-7075-804-6 03810

· 이 책은 전남문화예술재단의 창작기금을 받았습니다.
· 이 도서의 국립중앙도서관 출판예정도서목록(CIP)은 서지정보유통지원시스템 홈페이지(http://seoji.nl.go.kr)와 국가자료공동목록시스템(http://www.nl.go.kr/kolisnet)에서 이용하실 수 있습니다.(CIP제어번호:CIP2015032733)